Herman Martinsson

Studenthataren eller "Jan och Aprilnarr!"

Anatiposi

Herman Martinsson

Studenthataren eller "Jan och Aprilnarr!"

Oförändrat nytryck av originalutgåvan från 1862.

1:a upplagan 2023 | ISBN: 978-3-38220-172-2

Anatiposi Verlag är ett imprint av Outlook Verlagsgesellschaft mbH.

Verlag (Förlag): Outlook Verlag GmbH, Zeilweg 44, 60439 Frankfurt, Deutschland
Vertretungsberechtigt (Auktoriserad representant): E. Roepke, Zeilweg 44, 60439 Frankfurt, Deutschland
Druck (Tryckeri): Books on Demand GmbH, In de Tarpen 42, 22848 Norderstedt, Deutschland

STUDENTHATAREN

ELLER

"JAN OCH APRILNARR!"

KOMEDI I TVÅ AKTER MED SÅNG.

SVENSKT ORIGINAL

AF

HERMAN MARTINSSON.

STOCKHOLM.

ALBERT BONNIERS FÖRLAG.

Pris: 50 öre R:mt.

STUDENTHATAREN

ELLER

"JAN OCH APRILNARR!"

KOMEDI I TVÅ AKTER MED SÅNG.

SVENSKT ORIGINAL

AF

HERMAN MARTINSSON.

STOCKHOLM.

ALBERT BONNIERS FÖRLAG.

Personerna:

Rosberg, linhandlare.

Emma, hans dotter.

Brummermark, f. d. sjökapten.

Hjalmar Thuresson, hans systerson.

Jonas Petter, handelsexpedit, Rosbergs brorson.

(Händelsen försiggår i Stockholm hos Rosberg.)

STOCKHOLM.

HÖRBERGSKA BOKTRYCKERIET, 1862.

FÖRSTA AKTEN.

*Ett väl möbleradt rum. Dörr i fonden samt å begge
sidor. Till höger från åskådarne ett brädspels-
bord samt derinvid ett mindre bord med punsch-
karaff och tvenne glas. Till venster ett sybord.
I fonden ett glasskåp.*

Första Scenen.

ROSBERG, BRUMMERMARK (*sitta lifligt
spelande vid brädspelsbordet*).

ROSBERG.

Sång M 1.

Melodi: *Fredmans Epistlar N:o 58.*

Akta din blotta!
Får jag en åtta,
Säkert jag skulle ta'n!
Pling, plang!
Får jag en tua
Eller en sjua,
Skulle du snart bli "Jan":
Pling, plang! (*kastar tärningarna.*)

BRUMMERMARK.

Blott en liten etta och en tria!
Jag är räddad; kan min blotta fria,
Om jag får en nia eller tia.
Plingeli, klingeli, plingeli, plang! (*kastar.*)

ROSBERG.

Cinkorna alla!
Det kan man kalla
Att hafva tur, min bror,
Pling, plang!
Spelet jag tappar
Om jag ej schappar
Upp med den der, jag tror.
Pling, plang! (*kastar.*)

BRUMMERMARK.

Bra, min broder, denna lilla femma
Hjelpte dig förbaskadt ur din klämma,
Men jag skall ännu en gång dig skrämma!
Plingeli etc. (*kastar.*)
Se bär nu bara!
Se hvilken skara,
Som jag nu tar från hus.
Pling, plang!
Tydligt du finner,
Spelet jag vinner
Om du slår cinka-dus.
Pling, plang!

ROSBERG (*kastar*).

Nej, min broder, aldrig såg jag maken!
Hvilken otur att så rakt på saken
Slå det kastet, som är minst i smaken.
Plingeli etc.

BRUMMERMARK.

Du kan ej räddas,
Grafven dig bäddas,
Om jag får sextiotvå,
Pling, plang!
Tydligt du finner,
Att jag då vinner.
Turen är min att slå.
Pling, plang! (*ämnar slå.*)

Tillsammans.

BRUMMERMARK.

Dock, bror Rosberg, först jag måste dricka,
Att mitt kast nu icke måtte klicka.
Säkert jag nu taga skall din bricka.
Plingeli etc. (*kastar.*)

ROSBERG.

Håll, min broder, först jag måste dricka,
Ty af harm jag färdig är att spricka.
Ja, du slår ju bricka efter bricka.
Plingeli etc.

BÅDA (*utropande*). Sextiotvå! (*fortsättande spelet.*)

ROSBERG. Min hedersbror, du får medgifva att du i dag har en tur, som öfvergår allt förstånd.

BRUMMERMARK. Jo-jo, när man blir gammal, så får man tur.

ROSBERG. Är jag icke gammal jag också? Hvaba? Jag är ju hela sex år och tre månader äldre än du. Jag skulle väl således framför dig ha tur.

BRUMMERMARK. Ja visst, du har ju till och med peruk.

ROSBERG. Jaså, du är framme nu igen, gamla ordryttare. — Ser du nu har jag ingen blotta mer.

BRUMMERMARK. Kan du säga att du är utan tur då. — Men hvar ha vi lilla Emma? Jag har icke sett till henne sedan middagen.

ROSBERG (*ifrigt spelande*). Det der var en nöt att bita på, fundera litet. — Emma, sade du, jo en af hennes väninnor kom hit och tog henne med sig ut, de skulle förmodligen handla litet tillsamman. Men bara jag tänker på flickungen, så kommer jag ihåg den olycksaliga Upsalafärden, då hon fick åtfölja tant Dorothea för att gapa på magisterpromotionen, du minnes.

Jag kan förarga mig till döds. Hon blef ju topp rasande kär i Upsala.

BRUMMERMARK (skrattar). I Upsala? besitta, det var inte lite det!

ROSBERG. Ja-ja, det vill säga i en Upsalastudent. Efter hvad jag fått veta, hade han mustacher, den spefogeln.

BRUMMERMARK. Det var väl de, som föllo henne på läppen, förmodar jag. Jag har under dessa fjorton dar, — sedan jag återkom från min lilla utfärd till landet, — funnit, att min förr så glada och yra Emma betydligt förändrats. Hon har nu mera blifvit tyst och sluten. Det kunde just ana mig att en kärlekspil träffat hennes lilla hjerta. Hon har blifvit kär i en student, säger du. Stackars flicka, då har hon råkat illa ut, ty du är ju en äkta studenthatare, du. Skada emellertid att den der studenten skulle komma emellan, men det är väl icke så farligt; ser du, bror, bara jag får hem min systerson, så blir väl den der studenten tvungen att stryka flagg.

ROSBERG (kastar häftigt terningarna). Tala icke om studenter, bror, jag blir då så förtretad, att jag spelar bock på bock.

BRUMMERMARK. "Tinnerholm, Tinnerholm, stilla ditt blodiga svärd!" Men vet du, bror, din Emma är en rar flicka. Hade jag några tiotal mindre på nacken, så skulle du, tag mig fan, bli min svärfar. — Ser du jag tänkte ta' band, men de satans blottorna göra mig hufvudbry.

ROSBERG. Svärfar, sade du, hvad skulle då din systerson säga? (slår en bricka.)

BRUMMERMARK. Aj, nu blef jag slagen ur brädet! — Ja, om jag ändå hade min systerson här, den villbasaren. Betänk, kära bror, att jag icke haft den minsta underrättelse från honom, alltse'n han reste. Det är nu öfver fyra år, sedan han, efter att gifva vika för mina önskningar, gaf sig till sjös.

Rosberg. Jag värderar dig, min hedersbror, för det du ej tillät din systerson blifva en så'n der oförskämd Upsala-student.

Brummermark. Ja se, du skall veta, att med all sin håg för läsning, så är min kära Hjalmar af ett alltför sanguiniskt temperament och enligt min tanke skulle han således icke komma långt på den lärda banan. Han är för otålig, för häftig och kanske litet för lättsinnig. Men för att bli en god skeppare dertill är han klippt och skuren. Med sitt goda hufvud, sin friska och starka kropp tror jag bestämdt, att sjölifvet är passande för honom. Får han blott litet medvind i seglen, skall han snart blifva herre på eget däck. Ja, i sanning, han är en ståtlig och lefnadsglad pojke och det skulle smärtat mig om jag i en framtid fått se honom som en blekgul och aftynad bokmal. Men nu är du snart *Jan* bror, såvida jag icke ser i kors. (*slår en bricka.*)

Rosberg. Aj, för tusan, så jag setat och spelt och icke sett upp; det var för att jag hörde så uppmärksamt på dig.

Brummermark. Huru många brickor har du utslagna? — En bara. Då får du icke komma in.

Rosberg. Blir jag slagen, så kan jag ej räddas. — Ingen sexa!

Brummermark (*skakar terningarne i handen*).

Sång M 2.

Melodi ur Operan *»Robert af Normandie»*.

"Lycka, kom, var mig bevågen,
Kom och håll dig vid mig fast!
Spelet ligger mig i hågen,
Kom och styr mitt terningskast." (*kastar.*)

Båda (*utropande*). Sexor all'! (*Begge sluta spelet.*)

BRUMMERMARK. (*sjunger*).

Lyckan kom, var mig bevågen,
Derför, broder blef du *Jan.*

ROSBERG. (*förtretad*).

Spelet låg mig ej i hågen,
Det var också sjelfva fan.

(*Talar*) Det var fatalt. Här sitter jag och blir,
som en annan klåpare, Jan.

BRUMMERMARK (*skrattande*). Nu skulle det vara
dubbelt nöje för mig, om jag äfven, eftersom det är
den första April i dag, kunde *narra* dig litet. Att på
samma dag blifva både Jan och Aprilnarr, det vore
väl för magstarkt? Hvaba?

ROSBERG (*förtretad*). Jan har jag blifvit, det är
sannt; men till Aprilnarr har ingen fått mig, alltse'n
jag lemnade Upsala, och jag förmodar — —

BRUMMERMARK (*hastigt*). Vi ha länge nog gnab-
bats och varit i lufven på hvarandra angående vår
skiljaktiga uppfattning af din tillernade mågs förtjen-
ster. Jag har en gång för alla förklarat, att Jonas
Petter icke är den man, som din rara dotter bör hafva.
Hon förtjenar att få en verklig karl och icke en så-
dan der sprätthök. Nog af, jag lofvar dig, att ifall
du kan göra mig till Aprilnarr, skall jag hädanefter
icke öppna min mun till ett enda ord emot ditt gif-
termålsförslag. Men deremot fordrar jag, i fall jag
kan narra dig, att du lofvar mig att afstå från alla
tankar på en förening mellan Emma och hennes ku-
sin Jonas Petter, utan förr låter henne få min syster-
son. Går du in härpå?

ROSBERG. Blott för att visa dig, huru säker jag
är att icke kunna blifva Aprilnarr, går jag in på ditt
förslag. (*räcker honom handen.*)

BRUMMERMARK. Bravo! Vakta dig nu — *Janne.*

ROSBERG (*snusar*). Den skrattar bäst, som skrat-
tar sist. — Men jag tycker, att Emma snart borde
vara hemma.

BRUMMERMARK. A propos Emma. Du får lof, min bästa bror, att förklara för mig, huru det kommer sig, att du har en så oöfvervinnerlig afsky för allt hvad studenter heter.

ROSBERG. Ja, Gud gifve att Emma bråddes på mig, hvad det beträffar.

BRUMMERMARK. Du sade, att ingen fått dig till Aprilnarr, *alltse'n du lemnade Upsala* — blef du då narr der, bror?

ROSBERG. Narrad! narrad! Ack min hedersbror, tala aldrig med mig om Upsala och studenter, jag blir då sjuk af förargelse. Vet du bror, det klokaste du gjort i din' dar var att du förhindrade din systerson att bli student. Jo han hade blifvit en vacker fogel då, och i en sådan der gatsångare har min Emma förälskat sig. O, det är förskräckligt! Men jag är far och aldrig får hon mitt samtycke att gifta sig med studenter!

BRUMMERMARK. Lugna dig, min bror; men säg mig då orsaken till ditt hat?

ROSBERG. Så hör då, hedersbror.

Sång № 3.

Melodi: *»Movits skulle bli student»* etc.

Uti mina unga da'r
Kom jag uti en handel,
Just i Upsala det var,
Der började min vandel.
Min patron
En miljon
Påstods att han hade,
Gjorde dock till slut cession,
Det jag ock förutsade.

Ty han ståta' som en prins,
Student-kalas han gjorde.

Än studenterna jag minns
Hursom de alla, smorde,
Med en ton
Min patron,
Smickrade och tacka'n,
Logo se'n åt hans miljon
Och skålade för — "brackan"!

Uti Upsala jag se'n
Slutligt blef min egen,
Hade bod i "Fjerdingen"
Och var så mon och trägen.
Men min vän,
Blott för den
Satans "serenaden"
Sluta jag i "Fjerdingen"
Och flyttade från staden.

BRUMMERMARK. Nå, min kära bror, jag finner sannerligen icke häraf något skäl, hvarföre du så der kan hata den lärda staden och — —

ROSBERG (afbryter). Än serenaden då? — Ack, min hedersbror, du är lycklig du, som icke fått känna hvad en serenad vill säga. Så hör då. (sjunger)

Vet du hvad en serenad
I Upsala de kalla?
Jo, studenter rad i rad
I natten låta skalla
Gång för gång
Sång på sång
Utanför ens ruta.
Ack, min bror, hvad skrål och bång,
Ej ulfvar värre tjuta.

Ändtligt gå de från mitt hus,
Och väckt af serenaden
Går jag upp och tänder ljus
Samt tänker läsa bladen,

"Lampan ut!"
I hvar knut
Man på gatan skriker,
Och jag släcker lampan ut,
Men sömnen se'n mig sviker.

Sedan jag i tjugo år
Så tändt och släckt min lampa,
Flyttade jag hit en vår
Och handlade med hampa.
Nu jag bor
I allt flor
Och är högst belåten,
Att din systerson, min bror,
"Gaf lärdomen på båten".

Ja tänk, om din Hjalmar, min hedersbror, blifvit
en sådan der Upsaliensare; han hade aldrig fått be-
träda min tröskel.

BRUMMERMARK. Håll, bror! Jag tror att du ändå
öfverdrifver något. Hvad "serenaden" och "Lampan
ut" beträffar, så är det blott ungdomsblodet, som ko-
kar öfver ibland. Tänk bara efter, bror, om ej vi
icke-studenter också haft våra upptåg? Ack jo, åt-
minstone jag. Jag har varit en stor vildbasare i mina
unga dar, och derföre blef det äfven karl af mig.

ROSBERG. Men jag har aldrig varit någon vild-
basare, jag har alltid varit modest och timid.

BRUMMERMARK. Men när det har gällt?

ROSBERG (piquerad). Det har aldrig gällt, he-
dersbror.

BRUMMERMARK. Nå-nå; alla menniskor äro icke
lika. — Men nu till annat. Tänk på ditt löfte, bror,
och glöm icke bort, att det är första April i dag. —
Nu går jag dit ner till mig en stund, farväl så länge,
Janne. (går ut i fonden).

Andra Scenen.

ROSBERG (ensam).

Rosberg (ställer i ordning brädspelsbordet). Janne, sade du — hm, snart skall jag ha revanche, i det att jag gör dig till — Aprilnarr. (går ut till höger.)

Tredje Scenen.

EMMA (från venster).

Emma. Kan jag tro mina ögon? Var det väl *han*, som jag såg på Norrbro? — Åh nej. Men rösten var ju hans. Jag hörde hur han sade till den herre som var i hans sällskap: "i eftermiddag träffas vi ej, jag skall helsa på en morbror jag har här på norr." — Ack, det var hans röst, hans ögon, hans figur, men ändå var det icke han. Ack, det finnes många hvarandra så lika. — När jag fick se honom, var jag af glädje nära att svigta, och Adéle, som jag fattade under armen, trodde att jag blifvit sjuk. När jag åter lugnat mig var han försvunnen. Men tänk, om det dock var han! Ja, hvad mera? Han har säkert glömt den stackars Emma. Han minnes kanske icke mer de ord, han sade mig i Upsala Domkyrka. — Han minnes mig ej mera och Gud vet, om vi någonsin i detta lifvet återse hvarandra. (*tager fram en liten bok, öppnar den och kysser en pressad blomma, som ligger mellan bladen*) Denna blomma är nu vissnad, men så länge jag lefver, skall den gömmas bland mina käraste minnen. *Bland* mina käraste minnen? Hvad säger jag? Denna blomma allena är mitt enda och käraste minne; — minne af den stund, då han på sina knän svor mig en evig, oförvanskling kärlek. (*sätter sig vid bordet till venster.*)

Fjerde Scenen.

EMMA. BRUMMERMARK *(från fonden)*.

BRUMMERMARK *(fryntligt)*. Åh, ändtligen träffar jag dig, min lilla Emma. Hvar har lilla stumpan varit hela eftermiddagen?

EMMA. Jag har varit ute och handlat i sällskap med Adéle och hemkom nyss. Har farbror saknat mig?

BRUMMERMARK. Om jag saknat dig, det var en fråga det. — Men efter vi så äro på tu man hand, så får du lof att säga din gamla farbror, hvad orsaken är att du på en tid blifvit så nedslagen, så melankolisk. Hur är det, lilla Emma? Haf förtroende för din gamle vän, han menar dig så väl, nå hur är det?

EMMA *(blygt)*. Farbror!

BRUMMERMARK *(mildt)*. Farbror. — Men ser du, farbror vill, att lilla Emma icke skall vara rädd för honom. Ser jag då så barsk ut? *(Emma smeker honom)* Så ja. — Det är således en liten hjertesorg, något kärt minne från — Upsala.

EMMA. Ja, farbror.

BRUMMERMARK. En ung man? — Vacker? — Student? — —

EMMA *(förvånad)*. Men hur vet farbror?

BRUMMERMARK. Ja, mitt barn, jag vet mycket jag. Men berätta nu, hvem han är, ty det vet jag icke.

EMMA *(naivt)*. Inte jag heller.

BRUMMERMARK *(förvånad)*. Inte? — det var då oväntadt. Då har han aldrig talat vid dig?

EMMA. Ack jo, han har svurit mig en evig kärlek. *(med mera mod)* Ack om farbror sett honom ändå, sett hans ögon, hans hår, hans — —

BRUMMERMARK *(småleende)*. Ja, ja, men sade han inte, hvem han var? Ni blefvo för öfrigt nära bekanta, hör jag.

EMMA. Vi hade sett hvarandra flera gånger under promotions-högtidligheterna. En dag medföljde jag tant Dorothea för att bese domkyrkans märkvärdigheter. Medan vi voro i Gustavianska choret, träffade min tant Dorothea en äldre herre, med hvilken hon började samtala. Jag frågade kyrkvaktaren efter Eric den Heliges skrin. Han bad mig följa sig. Emellertid återgick han till choret. Bäst jag står fördjupad i betraktandet af...

BRUMMERMARK (*afbryler*). Af skrinet, ja; så får du se din student, han faller på knä för dig, förklarar dig sin kärlek och...

EMMA. Hur vet farbror?

BRUMMERMARK. Fortsätt, barn; fortsätt.

EMMA. Som farbror sade, han förklarade mig sin kärlek, frågade, om jag äfven älskade honom tillbaka och jag — —

BRUMMERMARK. Och du?

EMMA (*brydd*). Fråga icke, farbror. — Derpå räckte han mig en blomma, såsom minne af denna stund, — men just med detsamma kommer tant Dorothea ur choret. Hon sprang fram till mig och ...

BRUMMERMARK. Din student såg du aldrig mera.

EMMA. Nej aldrig. — Men i dag, vet farbror, såg jag en herre på Norrbro, som var så lik honom.

BRUMMERMARK. En herre med hans ögon?

EMMA. Ja.

BRUMMERMARK. Hans hår?

EMMA. Ja.

BRUMMERMARK. Hans mustacher?

EMMA (*hastigt*). Ah, det var ändå han!

BRUMMERMARK. Huru?

EMMA. Ja, nu vet jag, hvarföre jag var så oviss, om det var han eller ej. — Mustacherna!

BRUMMERMARK. Mustacherna?

Emma. Voro borta!

Brummermark. Ja, dem hade kanske någon barberare i Upsala fått som souvenir efter honom.

Emma (*ömt smekande*). Goda, snälla, rara, beskedliga farbror, var nu inte ond på din stackars Emma.

Brummermark. Så du pratar, barn. Tvertom, du har varit snäll, som haft förtroende till din gamla farbror. Jag skall också visa dig, att jag icke är så otacksam. — Hör du, hvad tycker du om din kusin Jonas Petter?

Emma. Åh-jo, så der; han är bara så egenkär.

Brummermark. Det är icke bara det. — Du vet att din far vill gerna ha honom till måg. Gud vet, hvad det är alltför rara egenskaper, som din far finner hos den gynnaren. Men hvad mig beträffar, tycker jag att han ser ut att vara allt utom — karl. Nå ja, jag känner honom så litet, men alltnog, hädanefter slipper du höra den visan, att du skall ha Jonas Petter till man.

Emma (*glad*). Hvad säger väl farbror?

Brummermark. Det är i dag första April. Om jag innan dagens slut har kunnat narra din far April, så har han lofvat mig, att aldrig tala mera med dig om Jonas Petter. (*Jonas Petter höres utanför småsjungande.*)

Emma (*lyssnar*). Farbror! Det är Jonas Petter, som jag hör sjunga i trappan.

Brummermark. När man talar om trollen äro de icke långt borta. — Ursäkta mig, Emma, att jag nu går min väg. Jag ber dig. i fall det skulle roa dig, att förära Jonas Petter en korg huru stor du vill.

Emma. Åh, kära farbror, han har fått hundra korgar af mig, men han säger blott: "Den man mest älskar, man låtsar försmå."

Brummermark. Sådan egenkär krabat. — Jag går emellertid att fundera på något upptåg att narra bror

Rosberg med. — Det är blott för din skull, lilla Emma. (*går ut till höger.*)

Femte Scenen.

EMMA. JONAS PETTER (*från fonden, klädd efter nyaste modet, narraktigt friserad, rökande cigarr*).

JONAS PETTER (*med en blombukett i handen*). Charmant, charmant! Dyrkansvärda kusin Emma! (*tager upp sin näsduk, breder ut den på golfvet, samt knäfaller*) Emottag dessa enkla blommor af din knäböjande kusin Jean Pierre. Det har kostat mig hela tio Riks — — det har kostat mig mycken möda, skulle jag säga, att få dem under denna årstid. Emottag dem, dyra Emma, af din *älskande* och vågar jag säga *älskade* kusin Jean Pierre!

EMMA (*mottager blommorna*). Jag tackar så mycket, kusin, blommorna äro verkligen vackra, (*med afsigt*) men så *kosta* de också mycket. — Hur mycket var det, kusin!

JONAS PETTER. Tio Riksdaler och så fick pojken, som bar dem till porten åt mig, femtio öre, men bah, det är ju en bagatell.

EMMA. Hvarje gång jag tänker på denna bagatell, skall den påminna mig om kusin.

JONAS PETTER. Åh, kusin är alltför god. (*lägger händerna på bröstet, med pathos*) Ack, kusin!

EMMA. Mår kusin illa?

JONAS PETTER (*som förut*). Jag brinner!

EMMA (*slår i ett glas vatten*). Behagar kusin?

JONAS PETTER. Kusin vill inte förstå mig. Ack, jag älskar kusin! (*fattar hennes hand.*)

EMMA (*drar sin hand tillbaka*). Det der har kusin sagt mig mer än hundra gånger och jag har svarat lika många gånger.

Jonas Petter *(pathetiskt)*. Kusin är grym!

Emma *(skrattar)*. Då är jag farlig, kusin.

Jonas Petter. Ja-ja, kusin gycklar så länge. — Men hör, snälla Emma, jag kom egentligen hit för att hemta min guitarr, som jag qvarlemnade här kort före min afresa till Distingsmarknaden.

Emma *(ironiskt)*. Eftersom kusin *egentligen* kom hit för att hemta sin guitarr, så skall kusin genast få den. *(skyndar in i rummet till venster och inkommer straxt derpå med guitarren.)*

Jonas Petter *(lorgnetterar Emma)*. Hon är rätt söt, min kusin. *(emottager guitarren och slår några accorder på densamma)* Det är för märkvärdigt, så snart jag har guitarrn vid min sida, så är det som jag finge nytt lif. — Men nu farväl så länge, kusin Emma, klockan är fyra slagen, jag måste gå. *(afsides)* Hon ber mig nog stanna qvar. *(högt)* Adjö, kusin Emma. *(gör min af att gå.)*

Emma *(niger)*. Adjö, kusin Jonas Petter, förlåt, Jean Pierre skulle jag säga.

Jonas Petter *(återkommer)*. Nej, jag kan icke gå.

Sång № 4.

Melodi: *»Ensam du är ej»* etc.

Här är jag åter, ja lilla Emma,
Här vid din sida du har ju din vän.
Jag skulle skynda, men då din stämma
Ljöd i mitt öra, så kom jag igen.

(Fattar hennes hand, men råkar oförsigtigt att bränna den med cigarrn.)

Emma. Aj, kusin brände mig på handen.

Jonas Petter *(med pathos)*. Glöm och förlåt!

Emma. Ja, jag lofvar att både glömma och förlåta kusin. *(skyndar ut.)*

När vinden tjuter i segel och mast,
Det är då så herrligt, ty fram utan rast
    Flyger skeppet.

När sedan dagen har ändat sitt lopp
Och månen så vemodsfull, blek,
Allt sitt silfver strör uti segel och topp
Samt småler åt böljornas lek,
Jag står då vid rodret, så andaktsfull,
Och byter ej silfvret för allt jordens gull
    Eller ära.

När morgon stundar och solen går opp
I öster, af skatterna full,
Och färgar rosenröd vimpeln på topp,
Jag har då båd' purpur och gull,
Med ingen jag byter de skatter då,
Mot dem hvarken thron eller krona förslå
    Eller riken.

Nu sitter jag fängslad på landtbacken här
Och sjunger min vanliga sång,
Ty den fröjdar gubben, den är mig så kär,
Men pröfva jag fått mången gång,
Att sorger på landtbacken icke *fly* bort,
Der tiden går långsamt, som förr var så kort
    Uppå hafvet.

Ja, mitt barn, när man är på hafvet, märker man icke, huru åren lida med skeppets gång, hur tiden strör snö i lockarna. Det är först sedan man blifvit stationär, liksom jag nu, man har tid att märka allt detta.

EMMA (*smeker honom öml*). Min goda, snälla farbror.

BRUMMERMARK. Rätt så ja, flicka. Nu skall du vara glad och icke ta' så illa vid dig, att gamla farbror kom fram med sin systerson igen; det var bara vid jemförelsen mellan honom och din kusin, som jag kom att prata så der. Men jag tror likväl, att, vore du tvungen att taga en af dem begge till man, så tog du —

Emma. Ja, hvem jag tog, inte blef det Jonas Petter. (*skyndar ut till venster.*)

Åttonde Scenen.

BRUMMERMARK (*ensam*).

Brummermark. Se nu, så hon kilar undan; hon var väl rädd att jag skulle börja min gamla visa igen. — En rar flicka! Skada bara att hon förälskat sig. Jag undrar just, hvad den der gynnarn kan vara för en. Jag skall taga reda på det, jag. Eld var det i honom likväl, efter han kunde så hastigt bli kär. och att Emma också — ja så är det med kärleken, den är sig evigt lik, med mig var det på samma sätt, när jag var ung. Jag mins, då jag första gången såg Wilhelmina Kristina, det var som om man kastat en brinnande lunta i en krutfjerding, jag explodarade — men höll märkvärdigt nog ihop ändå.

Nionde Scenen.

BRUMMERMARK. ROSBERG (*från höger*).

Rosberg. Ja så, är du här, hedersbror. Nå, du har väl funderat ut något skälmstycke nu, att narra mig med? Men det blir väl litet svårt det, jag är på min vakt.

Brummermark. Jag också, du. (*det knackar på dörren.*)

Rosberg (*ropar*). Stig in!

bror, att jag drar honom med' mig, men vi skola snart vara tillbaka. Kom, Hjalmar. (*de gå ut i fonden.*)

ROSBERG. Och nu skall jag tänka på en idé att få dig till aprilnarr, min gubbe lilla!

Ridån faller.

ANDRA AKTEN,

(Samma dekoration)

Första Scenen.

ROSBERG (*ensam*).

ROSBERG (*snusar*). Det ser ut att vara en burtig och rask ung man den der systersonen. Gubben Brummermark är emellertid så utom sig af förtjusning öfver sin kära Hjalmars ankomst, att han tycks ha' glömt sin idé, att göra mig till Aprilnarr, och så godt' är det, ty för det första är gubben allt finurlig, när det så behöfs, så fanken vet, om jag icke skulle kunna blifvit narrad till slut, och det hade varit satans förargligt. Betänk både Jan och Aprilnarr. Nej, nej, det var riktigt bra, att hans systerson kom emellan — och för det andra kan jag nu fritt få välja mig måg, utan att bror Brummermark skall motsätta sig, derpå har jag hans löfte. Jag vet icke hur det kommer till, men Brummermark har städse imponerat på mig, så att jag alltid varit obeslutsam, om Jonas Petter skulle ha' Emma eller icke. Han lärde henne spela guitarr och de sjöngo ju ofta duetter och qvartetter tillsamman. Allt var så väl, men sedan den förbaskade Upsalafärden i fjol, så — ja, jag vill inte tänka derpå. Emma bad mig så enträget, att få följa med tant Dorothea för att se på magisterpromotionen och jag samtyckte. Men hade jag då haft den minsta aning om hvad som blef en följd deraf, så skulle hela resan fått blifva ogjord. — Ah, min dotter förälska sig i en student, nej jag vill icke tänka härpå, min blod sjuder, jag är färdig spricka af harm. Förr ville jag väl blifva Jan i hvart spel och Aprilnarr för hvarje dag, än svärfar åt en — student. Nej, förr skulle hon få — Ah, en idé, så dum jag var, som icke förr tänkt härpå. Nå ja, icke något förloradt, hon skall få välja Jonas Petter eller Hjalmar. Hvad den sednare angår, så vet jag att Brummermark icke skall protestera. Han är väl bara simpel sjöman ännu, det är sannt, men han har framtiden för sig, hurtig och lefnadsfrisk, och har han ingenting, så har Brummermark i stället. Jonas Petter åter är en vigilant karl, charmant spekulationshufvud, och han har sjelf tillräckligt att hvilken dag som helst göra i hvarjehanda för egen räkning, men besynnerligt nog vill han ännu fortfara att vara expedit. — Medan du, hedersbror, tycks glömma allt för din systersons skuld, går jag här och tänker ut allt i stället. Emma skall nog tycka om Hjalmar, sin student måste hon glömma. Nu skall jag på allvar tala med henne om den der kärleken. Jag skall visa, att jag är far, att jag vill hennes sanna väl. Hon är tvungen att lyda mig. (*går till venstra dörren och ropar*) Emma!

Andra Scenen.

ROSBERG. EMMA (*från venster*).

Rosberg. Jag har något att tala vid dig, som nära angår dig, mitt barn.

Emma. Hvad då, pappa?

Rosberg. Hör noga på, mitt barn, öfvervåg, hvad din far säger dig, du skall finna att han vill din sanna lycka.

Emma *(ängslig)*. O, Gud! jag anar!

Rosberg. Emma, du är mitt enda barn, du är din mors saliga afbild, salig mors afbild, skulle jag säga. Jag älskar dig innerligt som en kärleksfull far, men du bör också veta, hvad jag en gång beslutat skall ske. Jag vet att, då du var i Upsala, en student var nog närgången och oförsynt att i sjelfva Domkyrkan falla på knä och förklara dig sin kärlek. Jag vet att du lyssnat till hans eder, jag vet att du sedan ständigt haft honom i dina tankar. Med ett ord, jag vet allt. Men, mitt barn, du bör äfven veta, att jag hyser ett oförsonligt hat till allt hvad studenter heter, och detta är ett tillräckligt skäl att du, som en god och lydig dotter, slår den der studenten ur hågen; du känner för öfrigt icke om han är fogel eller fisk; men nu, mitt barn, hör vidare ...

Emma *(afsides)*. Gud styrke mig!

Rosberg. Jag har en och annan gång nämnt så der till hälften, att jag gerna såge, det du toge Jonas Petter till man. Jag vet att han älskar dig, — men fastän jag förbjuder, hör du, förbjuder dig att älska den der studenten, så vill jag icke tvinga dig, hör du, icke tvinga dig att älska Jonas Petter. Nu vet du min vilja, och en god dotter gör icke sin far emot.

Emma. Aldrig, pappa, kan jag älska Jonas Petter. Pappa kan befalla mig att skänka honom min hand, men mitt hjerta kan han aldrig få.

Rosberg. Du behöfver hvarken gifva honom det ena eller det andra, om du i stället vill hafva en annan ung man, en liflig, vacker sjöman du, Brummermarks systerson.

Emma *(förvånad)*. Huru?

Rosberg. Du blir glad, tror jag. Ja, han är åter-

kommen från Amerika; han var nyss här och han är
väl snart tillbaka. Nu går jag ifrån dig så länge,
mitt barn, för att ge' dig tid att tänka på hvad jag
sagt: endera Jonas Petter eller systersonen, men aldrig
studenten. (*går ut till höger.*)

Tredje Scenen.

EMMA, sedan HJALMAR.

EMMA (*ensam*). O Gud! har jag icke lidit nog
af att vara skild från den ende jag älskar! Har jag
icke lidit nog af ovissheten, om jag någonsin mer skall
få återse honom! Skall jag nu äfven lida af den bittra
vissheten att aldrig få tillhöra honom. Ack nej! Här
inne känner jag, att det snart är slut med allt mitt
lidande. (*sätter sig vid bordet till venster och fram-
tager den lilla boken med blomman. Hjalmar in-
kommer från fonden, stannar i dörren vid åsynen
af Emma, som han igenkänner*) Dyra, älskade minne
af den sällaste stund i min lefnad. Lilla blomma, du
skall följa mig troget i grafven. Snart är jag ock
vissnad som du, och *han*, som jag så högt älskat, om
han engång kommer att söka sin Emma, skall han ej
finna henne, han skall ej ana, att den jord han tram-
par, kanske gömmer den stackars Emma. (*kysser blom-
-man*) Ack, dessa ord han sade mig, som aldrig gå ur
mitt minne: "I glädje likasom i smärta, för dig alle-
na lefver jag" —

HJALMAR (*hastigt framträdande, faller på knä
för henne och fortsätter*). "För dig allena skall mitt
hjerta slå sitt sista slag!"

EMMA. O Gud! är det verkligen han, hvars namn
jag ej vet, men hvilken jag likväl så högt älskar som ..

HJALMAR. Som nu för andra gången böjer knä
för dig. Ja!

EMMA. Vågar jag tro mina ögon? Ja, det är
ingen synvilla, det är han!

HJALMAR. Ja, jag är din Hjalmar, din älskande Hjalmar, som i dag återfunnit den stjerna, som så hastigt uppgick på min lefnadshimmel, för att lika hastigt försvinna. Ja, jag är din Hjalmar, hvilken i dag är den lyckligaste af dödlige, ty jag har återfått den skatt, som så lång tid varit mig beröfvad. Älskade Emma, jag kan ej med ord tolka mitt hjertas känslor. Orden äro barn af tanken och ej af känslan. Du är min!

Sång № 6.

Melodi: *»O föll uti ditt varma hjerta»* etc.

Hur än de vexla mina öden,
För dig allena lefver jag.
För dig skall troget uti döden
Mitt hjerta slå sitt sista slag.
Jag kan ej skatter dig förära,
På guld jag fattig är och arm,
Men evig tro kan jag dig svära
Och evig kärlek, ren och varm.

EMMA. Ja, jag ser, du är densamma, samma ögon, samma hår, men, men —

HJALMAR. Men denna klädnad menar du?

EMMA. Ja äfven den, men —

HJALMAR. Hvad för men?

EMMA (*småleende*). Åh, det är detsamma. Jag finner nu, att det var du, som jag i dag såg på Norrbro, likväl icke i denna sjömansklädsel.

HJALMAR. Hvad den beträffar, så skall jag förklara dig allt. Du är troligen underrättad, att kapten Brummermarks systerson hemkommit; det är jag.

EMMA (*gladt förvånad*). Hvad? — Ack jag inser nu allt. Men fortfar.

HJALMAR. Morbror, som alltid varit mycket god emot mig och hvilken jag städse lydt och värderat som min far — ty min verkliga far dog, då jag var barn — hade påkostat mig hela min uppfostran, men

han fordrade, besynnerligt nog, att jag skulle egna mig
åt sjölifvet, Han påstod att dertill var jag klippt och
skuren; detta var hans egna ord, troligen derföre att
jag som barn roade mig med att tälja båtar af bark
och sätta master med papperssegel i gamla trädskor,
ergo, jag måste bli sjöman, såvida jag ville bli karl
och få min goda morbrors välsignelser. Jag deremot
ville fortsätta mina studier och trodde att jag äfven
på den vägen skulle kunna bli karl, men det hjelpte
ej. I största korthet vill jag nu berätta dig, att jag
vidtalade en bekant sjökapten, som skulle med sitt
fartyg segla till Gefle, att få medfölja honom till sjö-
tullen, samt berättade för honom min plan. Han gick
in på allt. Emellertid reste jag, dock icke till Gefle
och derifrån till New-York, som morbror trodde, utan
till Upsala, och har der, morbror ovetande, fortsatt
mina studier. Den betydliga penningesumma, morbror
skänkte mig vid afresan, har jag uppoffrat derpå. Gjor-
de jag orätt deri? Nej, ack nej. Jag har dessutom
haft en förmånlig plats som informator. Jag ville icke
återse morbror förr än jag blifvit något och hade ut-
sigt till framtida bergning. Derför har jag under dessa
fyra år ej låtit höra af mig; men nu är jag här för
att visa gubben att jag blifvit "karl", och jag hoppas,
att han skall gifva mig sin välsignelse. Dock, för att
icke för tvärt presentera mig i min rätta gestalt, utan
försigtigt förbereda honom, har jag begagnat mig af
denna förklädnad. — Nå, hvad säger du om din Hjal-
mar, min lilla söta Emma?

EMMA. Hjalmar, detta är då ditt namn, men du
sade, att du ej ville återse din morbror, förrän du
blifvit något, då är du icke mera student.

HJALMAR. Jo, student är och blir jag så länge
jag lefver, men tillika är jag philosophie-kandidat.

EMMA (*naivt*). Ack, hvarför dröjde jag icke till
nästa promotion, så hade —

HJALMAR (*infaller*). — Du blifvit kär i en ma-
gister i stället för en student, menar du.

EMMA. Här äro vi så glada. Du vet icke du hvad min far nyss sade mig.

HJALMAR. Hvad sade han då?

EMMA. Jo, att jag skulle få välja, hvilken jag ville ha till man, min kusin Jonas Petter eller kapten Brummermarks systerson, det vill säga — dig.

HJALMAR. Nå, då är ju allt godt. Hvad kusinen angår kan jag ju vara lugn, eller huru?

EMMA. Men märk, — systersonen, *sjömannen* Hjalmar får jag älska, men icke *studenten*.

HJALMAR. Hvad vill det säga?

EMMA. Jo, pappa har ett ooövervinnerligt hat till studenter och han har försäkrat mig, att aldrig en student skall bli hans måg.

HJALMAR. *Student*, ja, men jag är ju *magister*.

EMMA. Minnes du icke hvad du nyss sade, student så länge du lefver. Men sak samma. Från och med professorerna till och med cursorerna, vaktmästarna kallas ju så? så anser pappa allihop för studenter och hatar dem. Ja, är det inte fasligt? han hatar hela Upsala, han hatar en hel stad.

HJALMAR. Han är således en annan Cato och hvad Carthago var för denne, tycks Upsala vara för din far. Men fäll ej modet, Emma. Möter mig litet motvind, så förstår jag mig på att kryssa och kettingen på mitt hopps ankare brister ej så lätt.

Fjerde Scenen.

DE FÖRRE. BRUMMERMARK.

BRUMMERMARK. Åh hå, så träffar jag dig din storrymmare. — Jaså är du också här, Emma. (*sakta till Emma*) Hvad tycker du om honom?

EMMA (*sakta till Brummermark*). Ganska mycket, farbror.

BRUMMERMARK (*sakta till Hjalmar*). Hvad tycker du om henne, munsjör?

HJALMAR (*sakta till Brummermark*). Åh, jag älskar henne, kära farbror.

BRUMMERMARK. Det vore fan! Men hör du din gök, hvad kom åt dig att du så hastigt rymde ifrån mig, då jag som bäst höll på att examinera dig. Jag tror, att jag var inne på kapitlet om kompassen, var det icke så?

HJALMAR. Jo, mycket rätt, och förstår morbror icke, att det blott var för att gifva ett tydligt bevis på magnetens attraktionskraft, som jag kilade hit opp.

BRUMMERMARK. Din filur!

Femte Scenen.

DE FÖRRE. ROSBERG (*från höger*).

ROSBERG. Ni ä' redan här igen, ser jag. Nå, det var roligt. (*sakta till Emma*) Du kommer väl i håg, hvad jag nyss sade dig? (*högt till Brummermark*) Jag förmodar, du har presenterat ungherrskapet för hvarandra.

HJALMAR. Vi ha för längesedan presenterat oss sjelfva för hvarandra.

ROSBERG. Ser man på.

HJALMAR. Och jag tror allt, vi skola komma att "förenas", jag kan rigtigt taga farbror på orden.

ROSBERG. Såå!

BRUMMERMARK. Men nu, min kära gosse, skall du berätta för oss, hvad du tycker om sjölifvet. Jag hoppas, du skall gifva mig rätt och tacka mig till på köpet, att jag icke tillät dig bli en landkrabba.

ROSBERG (*hastigt infallande*). Ja ja, det vill säga *förläst* landkrabba.

· HJALMAR. ·

Sång № 7.

Melodi: »*Soldaten han älskar sin kung*» etc.

Svensk sjöman han älskar den brusande våg
Han den ej rätt lefver förutan.
Till främmande länder jemt leker hans håg,
Dit förs han af vinden och "skutan",
Men tro likväl ej att han glömmer sin Nord,
Sin dyra, sin älskade fädernejord
Och ungmön der hemma på stranden.

I glödande Södern bland sköna han ser
Af bruna och svarta mång' tärna,
Som ömt och sireniskt emot honom ler,
De sköna han skådar så gerna.
Men icke han glömmer för dem bort den mö,
För hvilken han svurit att lefva och dö:
Den tjusande blonda i Norden.

Hans lif vexlar om likt det nyckfulla haf,
På hvilket han mött sina öden.
Och ofta så blifver hans okända graf
Den bölja han älskat i döden.
Men glad har han lefvat och glad vill han dö,
Och endast vid minnet af sörjande mö
Han fäller en tår uti vågen.

BRUMMERMARK. Rätt så ja. Är det icke som jag alltid sagt: på sjön får man lära sig veta, hvar hjertat sitter. (*till Hjalmar*) Och hvad dig beträffar, min kära gosse, så finner jag, att det sitter på rätta stället.

ROSBERG (*snusar*). Men det är väl inte så alldeles utan, att det icke ibland setat i halsgropen.

BRUMMERMARK. Nå, så har det väl icke varit värre, än han fått svälja ned det igen.

Rosberg (*sakta till Emma*). Nå, hvad tycker du om den unge systersonen, mitt barn lilla?

Emma. Rätt mycket, pappa.

Rosberg (*som förut*). Mer än der den studenten? Nå svara.

Emma (*skälmskt*). Det kan komma på ett ut, kära pappa.

Rosberg. Hä? (*afsides*) Det avancerar!

Brummermark (*till Hjalmar*). Hör du, min kära Hjalmar, du sjöng nyss, att sjömannen aldrig glömmer sin "tjusande blonda i Norden". Du föredrar väl således äfven de blonda framför de brunetta?

Hjalmar. Det kommer an på, huru den blonda ser ut, och hur den brunetta —

Brummermark (*infaller*). Äfven ser ut, det förstås. Men jag ville gerna veta om ditt hjerta är fritt eller ej.

Hjalmar (*sakta till Brummermark*). Nej, det har allaredan stött på grund, kära morbror, och den jag älskar är ingen annan än Emma. Jag sade det ju nyss.

Brummermark. Är det verkligen ditt allvar, pojke?

Hjalmar (*som förut*). Ja visst, men yttra ännu ingenting, bästa morbror.

Rosberg. Hvad prata ni om så tyst med hvarandra?

Brummermark. Jo, vi språka litet om en skatt, som Hjalmar har funnit.

Rosberg. I San Francisco kanske? Ah bevars, då har du troligen förvärfvat dig många skatter?

Hjalmar. Skatter, ja, och det sådana, som hvarken rost eller tjufvar kunna förstöra eller beröfva mig.

Sång № 8.

Melodi: »*Kung Beles söner*» etc.

Re'n äro fyra år förflydda,
Alltse'n jag lemnade den stad,

Der i min enkla barndomshydda
Jag lefvat sorgfri, säll och glad.

Från den jag drog nu ut i verlden
Att söka skatter, men jag fann,
Fast lyckan hastigt kom på färden,
Den lika hastigt ock försvann.

Väl mycket har jag måst försaka
Allt under fyra års förlopp.
Jag blickar dock så nöjd tillbaka,
Ty ej bedraget blef mitt hopp.

Hvad äro verldens millioner
Mot allt det guld jag samlat har,
Ty ramla riken, störta throner,
Jag mina skatter dock har qvar.

EMMA (*afsides*). Jag förstår honom så väl, huru
kär är han icke för mitt hjerta!

ROSBERG (*till Hjalmar*). Jo, jag tackar jag, du
tycks ha förvärfvat mer än vanliga skatter. — Men
hör du, det är väl en blandning af många nationer i
den der staden?

HJALMAR. *Nationer*, ja visst; men fastän den ene
är född här och den andre der, så blifva de dock,
när de komma dit, till själ och hjerta en enda nation.

ROSBERG. En enda nation, det var gentilt!

EMMA (*skälmskt*). Der finnes väl äfven en mängd
präktiga byggnader?

HJALMAR. Ja, det finnes till exempel — en dom-
kyrka.

BRUMMERMARK. Domkyrka?

HJALMAR. Ja en med två torn.

ROSBERG. Två torn?

BRUMMERMARK. När byggdes den, du?

HJALMAR. Långt före morbrors tid. Så fins der
det ståtliga Carolina Rediviva.

Rosberg. Carolina, när kom hon till, du?

Hjalmar. Långt efter farbrors tid.

Rosberg. Nå, det fins väl en mängd andra bygg-
nader och märkvärdigheter der?

Hjalmar. Märkvärdigheter, ja bevars: Slottet,
Botaniska trädgården, Trumslagar Isberg och Stads-
diket, "Kuggis", "Gästis" och "Pankis", "Stora och
lilla Förderfvet" och framför allt "Vigilancen".

Rosberg. Förderf? Vigilance? Du står ju och
målar sjelfva Upsala för mig.

Emma (sakta till Hjalmar). Var försiglig! (går
uppåt fonden och samtalar sakta med Brummermark,
som tycks fästa uppmärksamhet vid Rosbergs yttrande.)

Rosberb. Förderf! Vigilance! Det måste vara ett
herrligt lif i den staden.

Hjalmar. Ja, det må farbror tro, både nätter
och dar.

Rosberg. Om nätterna också? Men hur går det
med dem, som sofva då?

Hjalmar. De få hålla sig vakna, det är klart.

Rosberg (till Brummermark). Hör du bror, Up-
sala N:o 2!

Brummermark. Jag hör Upsala både N:o 1 och 2.

Emma (sakta till Brummermark). Snälla farbror,
låtsa om ingenting ännu. Förlåt min Hjalmar.

Brummermark (sakta till Emma). Han har spelt
mig ett satans spratt, men för din skull, min lilla
Emma, vill jag förlåta honom. (högt till Hjalmar, med
skarp blick) Hör du, munsjör, efter ditt San Fran-
cisco i allt annat är så likt Upsala, så förmodar jag,
att det äfven. der finnes studenter?

Hjalmar (något förlägen). Studenter? — Ja
bevars.

Rosberg. Hvad hör jag? Studenter? Då hållas
der väl också serenader?

HJALMAR. Ja gu'bevars, och nog finnes der mången att hålla serenad för.

ROSBERG. Men jag är väl icke i Upsala heller? Är det väl sannt allt hvad du sagt?

HJALMAR. Tviflar farbror, så res dit.

ROSBERG. Nej, jag tackar.

BRUMMERMARK (*med afsigt*). Jo-jo, min bror Rosberg, studenter finnas der vi minst ana det.

ROSBERG. Ja, jag hör det. Men jag är både förvånad och förtretad.

BRUMMERMARK. Det är bäst, du tar fram litet vin att skölja ned förtreten med.

ROSBERG. Du har rätt. (*ämnar gå.*)

EMMA. Får jag hemta vinet, bästa pappa?

ROSBERG. Åh nej, jag går allt sjelf. (*under det han går ut*) Hvem kunde ana, att det hålles serenader i San Francisco!

Sjette Scenen.

DE FÖRRE, utom ROSBERG.

BRUMMERMARK (*barskt*). Pojke, hur har du vågat, att så bedraga mig?

EMMA (*bedjande*). Farbror, minns sitt löfte!

BRUMMERMARK (*till Emma*). Jaså, jag lofvade dig, att förlåta den krabaten. (*till Hjalmar*). Men pojke, jag borde —

HJALMAR. Bästa morbror, jag har icke bedragit morbror, jag har endast följt mitt hjertas röst, min inre kallelse. Om jag gifvit vika för morbrors önskningar, då bade icke blott morbror blifvit bedragen, utan jag hade äfven bedragit mig sjelf på mina sköna framtidsförhoppningar.

BRUMMERMARK (*eftersinnande*). Du kan ha rätt. Jag var för sträng, jag har varit dum, men du din skälm, som — (*räcker honom handen*) Likagodt, vi förlåta hvarandra. Emma sade mig nyss allt, medan du beskref ditt San Francisco för bror Rosberg. Jaså, du är således den der studenten, som knep min lilla Emma. Du förstår att förvärfva skatter, ser jag. Ja, i *henne* har du funnit den bästa skatten. Men säg mig, hvarföre du kom till mig i denna drägt?

HJALMAR. Jag anade icke, att jag här hade en liten medtärinna, och jag ville derföre småningom bereda morbror på allt.

EMMA (*naivt*). Och dessutom ha vi i dag den första April.

BRUMMERMARK (*hastigt*). Första April! Ja och jag som höll på att glömma det. Lyckan är mig då serdeles bevågen i dag.

HJALMAR och EMMA. Hur så?

BRUMMERMARK. Barn, ni hålla af hvarandra. Nå så ta'n hvarandra då, min välsignelse ha ni.

EMMA. Men, hvad tror farbror, att pappa skall säga, han, som är så stor studenthatare?

BRUMMERMARK. Var du lugn, min lilla stumpa. — Bror Rosberg inbillar sig, att jag glömt bort mitt löfte. — Tack skall du ha, lilla Emma, för det du påminte mig, att det är den första April i dag, och du Hjalmar, tack skall du ha, för du hjelpt mig på trafven. Jag skall med heder uppfylla mitt löfte. Bror Rosberg skall bli Aprilnarr, så säkert som han förut i dag blifvit Jan.

Sjunde Scenen.

DE FÖRRE. ROSBERG (*med en butelj under armen*)

ROSBERG. Se så der ja, nu ska' vi skölja ned förtreten. (*Emma framtager glas ur skåpet*).

BRUMMERMARK. Ja, och på samma gång ska' vi tömma ett glas för dessa unga tu.

Rossberg. Hvad vill det säga?

Brummermark. Det vill säga, att Emma har sina skäl att gå in på ditt förslag. Hon föredrar min Hjalmar framför din Jonas Petter. Dessutom har du tillåtit Emma sjelf välja. Samtyck nu till deras förlofning och derpå följande giftermål.

Rossberg (glad). Är det väl sannt? Kan jag tro mina öron?

Hjalmar. Tror farbror icke sina öron, så tro sina ögon. (kysser Emma.)

Rossberg. Jag tror både ögon och öron. Upp med korken. (fyller glasen).

Hjalmar. Älskade Emma, jag är allt litet orolig, han tror ju ännu mig vara sjöman.

Emma. Möter dig litet motvind, så förstår du konsten att kryssa, sade du nyss. Men nu tycks vi i stället ha medvind, allt går ju för fulla segel.

Brummermark. Hjalmars och Emmas skål!

Rossberg. De nyförlofvades skål! (alla dricka) Jag välsignar er, mina barn. (till Brummermark) Hvem kunde tro, att hon så snart skulle kunna glömma den der studenten och genast bli kär i din systerson. Kärleken är allt en underlig skälm.

Brummermark. Jo-jo men, den förstår konsten att narra April.

Rossberg (hastigt). April! (afsides) Det vore fatalt om han komme ihåg sin idé.

Åttonde Scenen.

DE FÖRRE. JONAS PETTER.

Jonas Petter. Jag kommer för att taga afsked

Brummermark (afsides). Eller rättare för att få.

Jonas Petter. I morgon reser jag till Borås.

Brummermark (som förut). Ja, der kan du gerna stanna qvar.

Rosberg. Javå, till marknaden der, förmodar jag; lycklig resa!

Brummermark (*till Jonas Petter*). Lycklig, resa!

Hjalmar och Emma (*likaledes*). Lycklig resa!

Jonas Petter. Jag tackar. (*lorgnerar Hjalmar, afsides*) Hvem är väl den der sjömannen? (*vänder sig till Brummermark.*)

Hjalmar (*till Emma*). Jag känner igen din kusin. Han var i Upsala under Distingsmarknaden. Vi hade en liten drift med honom en afton.

Brummermark (*presenterar*). Min systerson, Hjalmar Thuresson. — Herr Jonas Petter Rosberg.

Jonas Petter (*rättande*). *Jean Pierre Rosberg*, menar kapten.

Hjalmar. Jag har den äran att vara bekant, är jag icke igenkänd?

Jonas Petter. Herr Thuresson, åh bevars. Men hvad betyder denna förklädnad, min lärde herr bror?

Rosberg. Förklädnad?

Hjalmar (*sakta till Jonas Petter*). Det är i dag första April och jag har haft ett litet narri för mig. (*högt*) Det var rätt trefligt att få råka dig, min värde herr bror.

Jonas Petter. Aldrig går utur mitt minne ditt ridderliga beteende emot mig i Upsala, då du så hjeltemodigt uppträdde och höll ett försvarstal för mig inför dina lärda bröder, herrar studenter.

Rosberg. Studenter? — Tal? — Uppträdde? —

Jonas Petter (*fyller ett glas*). På ett bord, ja. Jag minnes, hur du stod så här med glaset i hand och sade:

Rosberg. Hvad hör jag?

Jonas Petter (*med pathos*). "Bröder! Jag kan icke förena mig med eder att så här öfverskrida humanitetens gränser, i det att J drifven uppenbart skoj med denna herre. Jag tager honom under mina vin-

gars skugga, och den som med ord eller på annat
sätt gör honom illa, får med mig att göra", sade du.
"Denna herre", fortfor du, "är en ung, driftig man,
som har sina stora förtjenster här på — marknaden.
Tillåt derföre, min herre", sade du sedan, "att jag å
hela student-corpsens vägnar, ingen nämnd och ingen
glömd, dricker med er en generel brorskål." — Ja,
min lärda herr bror, detta tal minnes jag ord för ord.

ROSBERG. Kan jag tro mina öron?

BRUMMERMARK. Både öron och ögon, min bror.
(*till Jonas Petter*) Jag presenterade nyss min systerson
för er, men jag får nöjet att tillägga, er kusin Emmas
fästman.

JONAS PETTER. Hvad vill det säga?

BRUMMERMARK. Det vill säga tillkommande man.

JONAS PETTER. Men hur går det med mig?

BRUMMERMARK. "Mister du en, stå tusende åter,
så sjöng ju äfven herr biskop Tegnér."

JONAS PETTER. Ja, och så sjunger äfven jag. (*till
Hjalmar*) Ja, min lärde herr bror, jag vill visa mig
tacksam och — försaka. Tag min lilla kusin, jag skall
icke lägga något hinder i vägen.

ROSBERG. Men det skall jag i stället göra. Jag
är ju bedragen; din systerson är ju — —

BRUMMERMARK (*infaller*). Den der studenten, som
din dotter blef kär uti under magister-promotionen,
träffadt. Ser du nu, att jag hållit mitt löfte och nar-
rat dig April.

ROSBERG (*utom sig*). *Jan* och *Aprilnarr!*

JONAS PETTER. Jag tager saken lugnt, jag. Fastän
jag icke varit närvarande, så har äfven jag på sätt
och vis blifvit narrad April.

BRUMMERMARK (*afsides*). Han är då narr alla
dagar.

ROSBERG. Men revanche skall jag ha.

BRUMMERMARK. Hvad *Jan* beträffar, så är det väl
icke sista gången vi spela.

ROSBERG. Men *Aprilnarr'n*, bror?

BRUMMERMARK. Så skrattar den bäst som skrattar sist. Sista April är ju lika bra som den första. Passa på då, bror, tänk upp någon idé tilldess.

HJALMAR (*till Brummermark*). Det är icke så lätt det, när man icke har en systerson, — som hjelper på trafven.

ROSBERG (*till Hjalmar och Emma*). Nå så tagen hvarandra då, det blifver väl ej för bättre, men ett ord så godt som två vill jag säga eder:

Sång *M* 9.

Melodi: *»For min salig»* etc.

Så fri och lycklig jag lefver här med min hampa,
När sjelf jag vill det, så släcker jag ut min lampa,
Och aldrig störes min sömn utaf serenaden,
Ty se, studenter de herrska ej här i staden.

Märk detta, Hjalmar, och lägg det uppå ditt minne,
Och vet att svärfar din har ett ryseligt sinne;
Ty om du icke förstår mitt hjerta förvärfva,
Så hoppas aldrig att du får svärfar din — ärfva.

(*Sakta till Jonas Petter*)

Du Jonas Petter, som blef så dragen vid näsan,
Dig önskar jag nu all möjlig lycka på resan.
Uti Borås finns en gammal enka med pengar,
För henne kan du ju slå så der dina slängar.

(*Till Brummermark*)

Min bedersbroder, ett ord jag vill dig ock säga,
Att få revanche en idé jag tror mig nu ega.
Jag derför vågar att genast bjuda dig glafven,
Ty nog —

BRUMMERMARK (*infallande*).

— du vet, att din måg dig hjelper på trafven

Slut.

Stockholm. Hörbergska Boktryckeriet, 1862.